Parent's Introduction

Whether your child is a beginning, reluctant, or eager reader, this book offers a fun and easy way to support your child in reading.

Developed with reading education specialists, We Both Read books invite you and your child to take turns reading aloud. You read the left-hand pages of the book, and your child reads the right-hand pages—which have been written at one of six early reading levels. The result is a wonderful new reading experience and faster reading development!

This is a special bilingual edition of a We Both Read book. On each page the text is in two languages. This offers the opportunity for you and your child to read in either language. It also offers the opportunity to learn new words in another language.

In some books, a few challenging words are introduced in the parent's text with **bold** lettering. Pointing out and discussing these words can help to build your child's reading vocabulary. If your child is a beginning reader, it may be helpful to run a finger under the text as each of you reads. To help show whose turn it is, a blue dot ● comes before text for you to read, and a red star ★ comes before text for your child to read.

If your child struggles with a word, you can encourage "sounding it out," but not all words can be sounded out. Your child might pick up clues about a difficult word from other words in the sentence or a picture on the page. If your child struggles with a word for more than five seconds, it is usually best to simply say the word.

As you read together, praise your child's efforts and keep the reading fun. Simply sharing the enjoyment of reading together will increase your child's skills and help to start your child on a lifetime of reading enjoyment!

Introducción a los padres

Ya sea que su hijo sea un lector principiante, reacio o ansioso, este libro ofrece una manera fácil y divertida de ayudarlo en la lectura.

Desarrollados con especialistas en educación de lectura, los libros We Both Read invitan a usted y a su hijo a turnarse para leer en voz alta. Usted lee las páginas de la izquierda del libro y su hijo lee las páginas de la derecha, que se han escrito en uno de seis primeros niveles de lectura. ¡El resultado es una nueva y maravillosa experiencia de lectura y un desarrollo más rápido de la misma!

Esta es una edición especial bilingüe de un libro de We Both Read. En cada página el texto aparece en dos idiomas. Esto le ofrece la oportunidad de que usted y su hijo lean en cualquiera de los dos idiomas. También le ofrece la oportunidad de aprender nuevas palabras en otro idioma.

En algunos libros, se presentan en el texto de los padres algunas palabras difíciles con letras **en negrita**. Señalar y discutir estas palabras puede ayudar a desarrollar el vocabulario de lectura de su hijo. Si su hijo es un lector principiante, puede ser útil deslizar un dedo debajo del texto a medida que cada uno de ustedes lea. Para mostrar de quién es el turno para leer, encontrará un punto azul ● antes del texto para usted, y una estrella roja ★ antes del texto para el niño.

Si su hijo tiene dificultad con una palabra, puede animarlo a "pronunciarla", pero no todas las palabras se pueden pronunciar fácilmente. Su hijo puede obtener pistas sobre una palabra difícil a partir de otras palabras en la oración o de una imagen en la página. Si su hijo tiene dificultades con una palabra durante más de cinco segundos, por lo general es mejor decir simplemente la palabra.

Mientras leen juntos, elogie los esfuerzos de su hijo y mantenga la diversión de la lectura. ¡El simple hecho de compartir el placer de leer juntos aumentará las destrezas de su hijo y lo ayudará a que disfrute de la lectura para toda la vida!

My Sitter Is a T-Rex! • *¡Mi niñera es un T-Rex!*

A We Both Read® Book
Bilingual in English and Spanish
Level 1-2
Guided Reading: Level H

Text Copyright © 2011 by Paul Orshoski
Illustrations Copyright © 2011 by Jeffrey Ebbeler
Spanish translation and bilingual adaptation © 2022 by Treasure Bay, Inc
All rights reserved

We Both Read® is a trademark of Treasure Bay, Inc.

Published by
Treasure Bay, Inc.
PO Box 519
Roseville, CA 95661 USA

Printed in China

Library of Congress Catalog Card Number: 2021943184

ISBN: 978-1-60115-045-5

Visit us online at • *Visítenos en la red en*:
WeBothRead.com

PR-11-23

WE BOTH READ®

My Sitter Is a T-Rex!
¡Mi niñera es un T-Rex!

By Paul Orshoski

Illustrated Jeffrey Ebbeler

TREASURE BAY

● My parents have a date tonight. They're going to a show.
   I ask them, "Who will babysit?" Mom says she doesn't know.

   She says, "I called an agency."

———————◆———————

Mis padres tienen una cita esta noche. Van a ver un espectáculo.
Les pregunté: —¿Y quién me va a cuidar? Mamá dijo que no sabe.

Dijo: —Llamé a una agencia.

★ "I called them rather late.
  They only had one sitter left.
  I'm sure she will be great."

————◆————

—Ya era tarde cuando llamé.
  Solo tenían una niñera.
  Estoy segura que será muy buena.

- The doorbell rings. Mom lets her in. I stare with great surprise.
  A dinosaur is at my door. I can't believe my eyes.

  She says, "I'm here to babysit. That's what I plan to do.
  Most people call me Miss T-Rex, but you can call me Sue."

  ——————◆——————

  *Entonces sonó el timbre. Mamá la hizo pasar. Y me quedé sorprendido.
  Había un dinosaurio en mi puerta. No podía creer lo que veía.*

  —*Vengo a cuidarte. Eso es lo que voy a hacer, dijo ella.*
  —*Casi todos me dicen Señorita T-Rex, pero puedes llamarme Sue.*

★ I hide in back of Mom and Dad.
My legs begin to shake.
I beg them, "Please, you cannot leave.
There must be some mistake."

———◆———

Me escondí detrás de mamá y papá.
Me temblaban las piernas.
—Por favor, no se vayan, debe haber algún error,
  les supliqué.

But Dad says, "Things will be just fine. I'm sure she is a jewel.
We really have to say **goodbye**." Then Sue begins to drool.

I see her teeth and two short arms.

———————◆———————

*Pero mi papá dijo: —Todo estará bien. Estoy seguro de que es un encanto.
Y ya es momento de **despedirnos** —. Entonces Sue comenzó a babear.*

Vi sus dientes y sus dos brazos diminutos.

★ I soon begin to cry.

But Mom and Dad fly out the door.

Miss T-Rex waves **goodbye**.

———————◆———————

Empecé a llorar.

Pero mamá y papá ya se iban.

*La Señorita T-Rex se **despidió** de ellos.*

I run for cover to my room. I scream and race to hide.
I sneak behind a chest of drawers. My fear is deep and wide.

And soon I'm underneath my bed.

———————◆———————

Huí a refugiarme en mi habitación. Grité y corrí a esconderme.
Me metí detrás de una cajonera. Estaba profundamente asustado.

Y de pronto ya estaba bajo mi cama.

★ I'm too afraid to peek.

Sue spots me and says, "Peek-a-boo.

Let's play some hide and seek."

———————◆———————

Tenía miedo de mirar.

Sue me vio y dijo: —Te encontré.

Juguemos a las escondidas.

●   I dash away. Sue counts to ten. My legs are feeling numb.
    Then Sue roars loudly, "Ready, set! You guessed it, here I come!"

    I try to hide as best I can. I'm scared more than before.
    " Please go away," I say to Sue. She sits down on the floor.

———————— ◆ ————————

Salí corriendo. Sue contó hasta diez. Sentí que se entumecían mis
piernas. Sue rugió con fuerza: —En sus marcas, listos…adivinaste:
¡Aquí voy!

Traté de esconderme como pude. Estoy todavía más asustado.
—Por favor, vete, le dije a Sue. Entonces se sentó en el suelo.

★ " Come out and say hello to me."
   Miss T-Rex sounds so sweet.
" You do not wish to come and play?
   Then I will go and eat."

———————◆———————

—Ven a saludarme.
   La Señorita T-Rex dijo con dulce voz.
—¿No quieres venir a jugar?
   Entonces iré a comer.

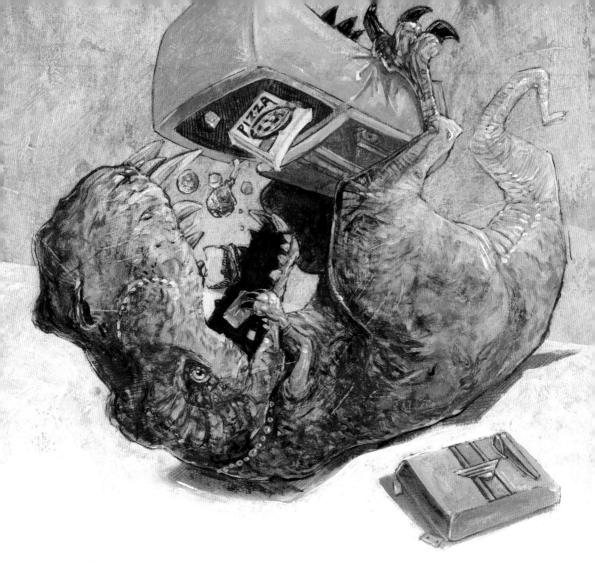

● So Sue begins to hunt for food. I give a careful stare.
She opens up the freezer door and flings it through the air.

She grabs a drumstick from the fridge. She stuffs it in her face.
She picks up every speck of food and empties out the place!

———————◆———————

*Entonces, Sue empezó a buscar algo de comer. Miré con cuidado.
Abrió la puerta del refrigerador y la lanzó por los aires.*

*Tomó una pierna de pavo del refrigerador. Se la llevó entera a la
boca. ¡Tomó toda la comida que encontró y no dejo nada!*

★ She pours a cup of purple punch.

She grabs a slab of pie.

She slips and trips on Mom's new rug.

I see the cup fly by!

———————◆———————

Se sirvió una taza de ponche morado.

Se sirvió una rebanada de pastel.

Se resbaló con la alfombra nueva de mamá.

¡La taza salió volando!

Sue wanders to the living room. Her food is stacked up **high**.
I sneak around to take a peek as Sue goes stomping by.

Her tail rips all the curtains down. A lamp gets shattered too.
She **breaks** a pretty flower vase. Oh no! That vase was new!

———————◆———————

*Sue llegó hasta la sala. Su comida formaba una pila muy **alta**. Me escabullí para echar un vistazo, mientras Sue pisaba con fuerza al caminar.*

Desgarró las cortinas con su cola. También se rompió una lámpara. **Rompió** *un bonito florero. ¡Oh, no! ¡Era un florero nuevo!*

★ She lumbers past the TV set.
The room begins to shake.
A clock **high** on the wall falls down.
I see it smash and **break**.

———————◆———————

Pasó cerca del televisor.
El cuarto comenzó a temblar.
*De lo **alto** de la pared, se cayó un reloj.*
*Vi como cayó y se **rompió**.*

● Sue shuffles to an easy chair. She sits and rests her feet.
She grabs my dad's remote control and eats another treat.

I see the chair begin to sway. I hear it creak and groan!
She dumps her purse out on the floor so she can find her phone.

———————◆———————

Se deslizó en un sillón. Se sentó y descansó sus pies.
Tomó el control remoto de papá y comió otro bocadillo.

Vi que la silla empezaba a balancearse. ¡Escuché como tronaba!
Puso su bolso en el piso para buscar su teléfono.

★ Sue sends a text to all her friends.
They text her back. She grins.
She laughs so hard she starts to snort.
And in the chair she spins.

———————◆———————

Sue les envió un mensaje a sus amigos.
Ellos le contestaron. Ella sonrió.
Se rió tan fuerte que hizo un ruido con la nariz.
Luego dio vueltas en la silla.

Sue gets up from her easy chair. She says, "I think I'll read."
She searches through the shelves of books for one she just
might need.

She spots a book on outer space and one about a clown.

———————◆———————

*Sue se levantó del sillón. —Creo que voy a leer —dijo. Buscó entre
los estantes del librero algun libro que le gustara.*

Encontró un libro sobre el espacio y uno acerca de un payaso.

★ Sue takes a book from way on top.
Then all the books fall down.

———————◆———————

Sue tomó un libro del lugar más alto.
Luego todos los libros se cayeron.

● Sue walks back through the kitchen door. Her tummy needs more food.
She quickly chugs a soda down. She belches loud. How rude!

She chews a wad of bubble gum. I cannot help but stare.
She blows a great big bubble. **POP!** Now gum is EVERYWHERE!

———————◆———————

*Sue regresó a la cocina. Su panza necesitaba más comida. Se bebió todo
un refresco con rapidez. Luego eructó. ¡Que mala educación!*

*Masticó una enorme bola de goma de mascar. No podía dejar de verla.
Hizo una bomba gigantesca. **¡Pop!** ¡Ahora hay goma de mascar por
todas partes!*

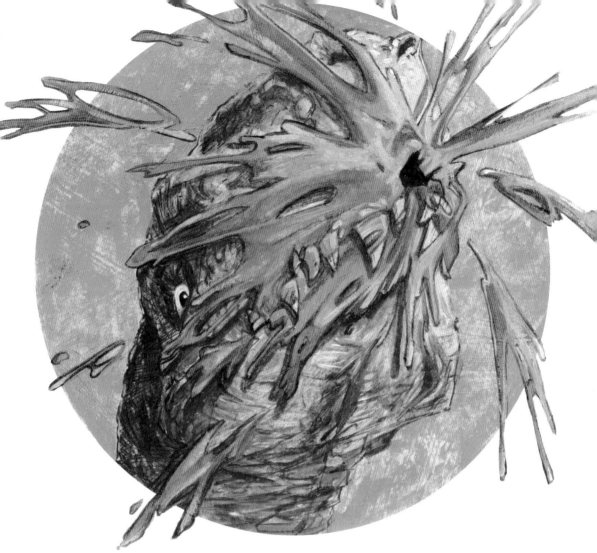

★ The gum is on her nose and lips.
It's on her cheek and chin.
It's in her tail. It's on her feet.
It's on her spine and skin.

———— ◆ ————

Tenía goma de mascar en su boca y su nariz.
En sus mejillas y su quijada.
En su cola. En sus pies.
En su espalda y en su piel.

21

- The gum is sticking to the rug. It's sticking to my hair! **There's** some stuck on the window pane. **There's** some stuck to the chair.

The ceiling also has some gum.

———————◆———————

La goma se pegó en la alfombra. ¡Se pegó en mi cabello! **Había** *goma pegada en el borde de la ventana.* **Había** *goma pegada a la silla.*

Hasta el techo tenía goma de mascar.

★ And so does Mom's clean floor.
There's some stuck on the table top.
There's some stuck on the door.

———————◆———————

Tambén en el piso limpio de mamá.
Había goma pegada en la mesa.
Había goma pegada en la puerta.

23

● By now I've had enough of this! I storm in raving mad!
When Mom comes home and sees this mess, it's going
to make her sad.

My dad will be unhappy too. His patience is quite thin.
I turn to Sue and yell at her, "Why did we let you in!?"

———————◆———————

*¡Ya estaba harto de todo eso! ¡Me puse furioso! Cuando mamá
volviera a casa y viera ese desorden, se pondría muy triste.*

*Mi papá tampoco estaría contento. Tiene muy poca paciencia.
Le grité a Sue: —¡No debimos dejarte entrar!*

★ " You broke my mother's flower vase.
   You filled me up with fear.
   You ate our food and made a mess.
   I wish you were not here!"

———————◆———————

—*Rompiste el florero de mamá.*
   Me asustaste mucho.
   Te comiste nuestra comida e hiciste un desastre.
   ¡Desearía que no estuvieras aquí!

● Sue looks surprised by what I said.
She hangs her **head** down low.
Her lips begin to tremble.
And her tears begin to flow.

———◆———

Sue parecía sorprendida por lo que dije.
*Agachó su **cabeza**.*
Sus labios comenzaron a temblar.
Y entonces comenzó a llorar.

★ She lifts her **head** and looks at me.
Her eyes are big and sad.
She says, "I'm sorry for this mess.
And that I made you mad."

———————◆———————

*Levantó su **cabeza** y me miró.*
Sus ojos eran grandes y tristes.
Me dijo: —Perdón por el desorden.
Y por hacerte enojar.

• "I tried to do my very best.
 I did not want to fail.
 Now I'll clean up the mess I've made.
 I'll get a mop and pail."

———◆———

—*Traté de dar mi mejor esfuerzo.*
 No quería hacer las cosas mal.
 Limpiaré el desorden que hice.
 Iré por una cubeta y un trapeador.

★ I feel so bad that Sue is sad.

Perhaps I was too mean.

I scale Sue's neck and hug her close.

I say, "I'll help you clean."

———◆———

Me sentí mal por verla triste.

Quizás fui muy grosero.

Escalé su cuello y abracé a Sue.

Le dije: —Te ayudaré a limpiar.

⬤ We go to work together now to fix the vase and clock.
We also fix the broken lamp while chanting, "Tick, tick, tock."

We put the curtains back in place, the clock back on the wall.

———————◆———————

Trabajamos juntos para reparar el florero y el reloj.
También arreglamos la lámpara mientras cantábamos: —Tic, tic, toc.

Pusimos las cortinas en su lugar, y el reloj en la pared.

★ We have a few things yet to do.
At least I hope that's all!

———————◆———————

Todavía quedan cosas por hacer.
¡Espero que ya no falte mucho!

We go into the kitchen next to fix the freezer door.
I have some screws and handy tools. Sue lifts me off the floor.

We grab some soap and two big pails, a scraper, and a mop.

———————◆———————

Luego fuimos a la cocina para arreglar la puerta del refrigerador.
Fui por unos tornillos y unas herramientas. Sue me ayudó a alcanzar
la puerta.

Fuimos por jabón, dos cubetas, un cepillo y un trapeador.

★ We scrape and clean the sticky mess.
My home is rid of slop!

———————◆———————

Tallamos y quitamos todo lo pegajoso.
¡Mi casa quedó libre de mugre!

● Sue says, "I'm feeling hungry now. I'd love a chicken wing!"
I laugh out loud and say to Sue, "You ate up everything!"

She laughs with me and then we hug. I stick to her like glue.

———————◆———————

—Tengo hambre otra vez. ¡Me encantarían unas alitas de pollo! —dijo
Sue. Me reí muy fuerte y le dije: —¡Pero ya te comiste todo!

Se rió conmigo y me abrazó. Yo la abracé muy fuerte también.

★ So then I send Sue to the tub.
She needs some cleaning too.

———————◆———————

Luego le dije que tomara un baño.
También tenía que limpiarse.

● The tub is full. Sue squeezes in. The rubber duck says, "Quack."
Sue scrubs her face and then calls out, "Please come and wash my back."

I close my eyes. I grab a **towel**.

———————◆———————

La tina estaba llena. Sue se metió en ella. El patito de hule hizo —¡cuac!
Se talló la cara y luego me dijo: —Por favor ven y lávame la espalda.

*Cerré mis ojos. Tomé una **toalla**.*

★ I soap her back quite well.

Sue hops on out and **towels** right off.

She says, "I feel just swell."

———————◆———————

Enjaboné muy bien su espalda.

*Sue salió de la bañera y se secó con la **toalla**.*

Ella dijo: —Me siento muy bien.

We find some pillows and a quilt. We sit down on the floor.
I start to read a book to Sue. And then I hear her snore.

I leave her sleeping peacefully.

———————◆———————

*Encontramos unas almohadas y una colcha. Nos sentamos en el
piso. Comencé a leerle un libro a Sue. Y luego la escuché roncar.*

La dejé dormir en paz.

★ I kiss her on the cheek.
I hope I do not wake her up.
Then to my bed I sneak.

———————◆———————

Le di un beso en la mejilla.
Esperaba no despertarla.
Luego me fui a la cama.

When Mom and Dad at last come home, Mom asks, "How did it go? Did you both get along okay? I'd really like to know."

"I haven't had such fun," I say, "since can't remember when."

———————◆———————

Cuando Mamá y Papá llegaron a casa, Mamá me preguntó: —¿Cómo les fue? ¿Se llevaron bien? De verdad quiero saber.

—Nunca me había divertido tanto —le dije.

★   I wave at Sue and say to Mom,
"I want Sue back again!"

———◆———

Me despedí de Sue y le dije a Mamá:
—¡Quiero que Sue regrese otra vez!

If you liked **My Sitter Is a T-Rex!**, here are some other
We Both Read® books you are sure to enjoy!
*Si te gustó ¡Mi niñera es un T-Rex!, aquí hay otros libros de
We Both Read® que seguramente disfrutarás.*

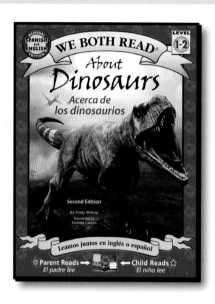

To see all the We Both Read books that are available,
just go online to **WeBothRead.com**.

Para conocer todos los libros de We Both Read
disponibles visite **WeBothRead.com**.